Disney · PIXAR

ÉLÉMENTAIRE

Texte d'Erin Falligant.

Traduction et adaptation : Elizabeth Barféty.
Conception graphique et mise en pages : Studio Blick.

Hachette Livre, 58, rue Jean-Bleuzen, 92178 Vanves Cedex.

Disney · PIXAR

ÉLÉMENTAIRE

Le roman du film

hachette
JEUNESSE

FLAM

Intrépide et vive d'esprit, Flam a un caractère bien trempé. Comme le feu, elle peut exploser à tout moment !

FLACK

Calme et émotif, Flack n'a pas peur de montrer ses sentiments, même s'il finit toujours par pleurer à chaudes larmes !

SANDRA ET BERNIE LUMEN

Les parents de Flam tiennent une boutique dans leur quartier. Et ils ont l'intention de la céder à Flam quand leur fille sera prête.

AQUANETTA DELAMARE

La mère de Flack
est une femme
très ouverte
et accueillante...
et aussi sentimentale
que son fils !

CHAPITRE 1

BIENVENUE À ELEMENT CITY !

Un bateau accoste à Element City. À bord se trouve un couple de Feu, dont la femme est enceinte. Ils ont décidé de quitter le pays du Feu et de venir tenter l'aventure dans la métropole, pour que leur enfant y naisse et y grandisse. Ils ont emporté leur bien le plus précieux : une lanterne qui contient une flamme bleue, qui représente leur héritage et leurs traditions.

Ils débarquent au milieu de nombreux éléments terriens, aériens et liquides, et rejoignent la queue pour le bureau des arrivées. Ils sont les seuls éléments flamboyants. Ce n'est pas étonnant, car Element City a été créée par les éléments aériens, liquides et terriens. Rien n'y est prévu pour les éléments flamboyants. D'ailleurs, tout le monde s'écarte, craignant de toucher le couple : les éléments liquides risqueraient de bouillir et les éléments terriens de prendre feu !

Enfin, c'est à leur tour.

– Noms ? leur demande un élément terrien derrière un bureau.

Le couple se présente dans la langue du pays du Feu, mais

l'homme face à eux n'y comprend rien.

– Disons que vous vous appelez Bernie et Sandra Lumen, propose-t-il, en essayant de trouver des prénoms qui ressemblent aux sons qu'il a entendus.

Il tamponne un document, puis ajoute :

– Bienvenue à Element City !

Le couple quitte le bureau des arrivées et découvre la ville. Elle déborde d'activités, et des éléments se pressent partout autour d'eux. Des gratte-ciel s'élèvent entre les canaux et les plantes géantes, des ballons dirigeables parcourent le ciel… Tout est si différent du pays du Feu !

Bernie et Sandra empruntent le Wetro aérien, mais là non plus, rien n'est prévu pour les éléments flamboyants. Quand le Wetro démarre, un élément liquide perd l'équilibre et éclabousse Sandra. Bernie pousse un

cri : l'eau risque d'abîmer les flammes de sa femme ! Vite, il sort un peu de bois de ses bagages et le lui tend. Dès que Sandra l'engloutit, ses flammes reprennent de l'éclat. Bernie lance alors un regard noir au passager et marmonne :

– Pff… c'est toujours pareil avec l'eau !

Le couple sort du Wetro dans un quartier terrien, où ils se mettent à la recherche d'un appartement. Mais aucun propriétaire ne veut les accueillir : ils ont trop peur des dégâts que pourraient causer les éléments flamboyants…

Découragés, Bernie et Sandra finissent par arriver dans un quartier où les maisons sont délabrées. C'est alors que Bernie repère un bâtiment en mauvais état, mais devant lequel est plantée une pancarte « À vendre ». Ils vont bâtir leur nouvelle vie ici, il le sent ! Il imagine déjà la boutique qu'il installera au rez-de-chaussée et qui sera dédiée au pays du Feu. On pourra y acheter de la nourriture et des objets en tout genre.

Sandra et Bernie placent leur précieuse lanterne dans la cheminée du bâtiment. Ils sont chez eux.

Peu après leur installation, la petite Flam est née. Puis les années ont passé et Flam a grandi, pendant que ses parents apprenaient la langue et les coutumes d'Element City. La boutique a grandi, elle aussi, et elle connaît de plus en plus de succès à mesure que les éléments flamboyants arrivent plus nombreux dans la ville. Ils occupent maintenant tout un quartier.

Bernie le dit souvent à sa fille, qui l'aide à la caisse et pour les livraisons :

– Cette boutique est le rêve de notre famille. Et un jour, quand tu seras prête, elle sera à toi.

Flam est impatiente que ce jour arrive. Elle sait tout faire aussi bien que son père, à présent. Mieux, même, pour certaines choses. Elle n'a pas sa pareille pour fabriquer les sucettes, elle manipule le sucre comme une souffleuse de verre !

Le seul problème de Flam, c'est qu'elle a du mal à garder son calme. Certains clients demandent des choses impossibles ou abîment la marchandise. Et dans ces cas-là, la jeune femme a une fâcheuse tendance à... exploser. Et ce n'est pas une expression, non, non : ses flammes deviennent violettes, et BOUM ! Non seulement ça fait des dégâts, mais en plus ça effraie la clientèle.

– Les clients peuvent être difficiles, lui explique Bernie,

alors qu'elle vient à nouveau de se mettre en colère. Mais tu dois rester calme, respirer et tenter de créer un lien avec eux. Quand tu sauras le faire sans t'énerver, tu seras prête à reprendre la boutique.

Flam se force à sourire. Elle peut y arriver. Elle va y arriver.

CHAPITRE 2

UNE RENCONTRE EXPLOSIVE

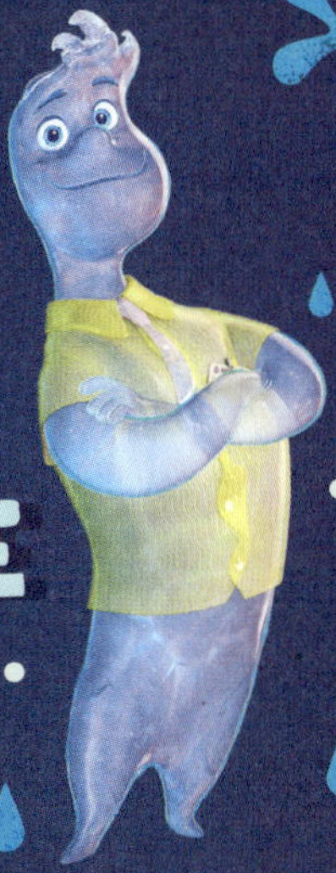

Les années passent, mais le problème persiste. Bernie vieillit, et Flam voit bien qu'il est de plus en plus fatigué. La jeune femme se sent coupable : c'est à cause d'elle qu'il ne peut pas prendre sa retraite… Alors elle fait de son mieux pour faire ses preuves.

Ce soir, elle se lance un défi : battre le record de vitesse de Bernie pour les livraisons ! Avant de partir, elle passe dans le bureau où se trouve sa mère, en pleine séance de travail. Car Sandra a une activité annexe, en plus de la boutique... Elle possède le talent unique de sentir l'amour, d'identifier son odeur particulière. Elle a donc décidé de s'en servir pour aider les jeunes couples de Feu. Elle les reçoit et prédit leur compatibilité ! Sandra adorerait trouver un partenaire idéal pour sa fille. Mais

elle a beau la renifler au passage, comme tous les jours ou presque, elle ne sent rien du tout.

Armée d'un parapluie pour éviter les projections d'eau, Flam quitte le bâtiment et bondit sur son scooter. Elle jette un coup d'œil au pont qui marque la limite de son quartier. Non, elle n'a aucune envie de le franchir. Tout ce dont elle a besoin se trouve ici. La ville n'est pas faite pour les éléments flamboyants, de toute façon.

La jeune femme file dans les rues à toute allure et livre toutes les marchandises commandées. Quand elle revient au magasin, elle constate qu'elle a largement battu le record de vitesse de son père ! Bernie est fier d'elle.

– Demain, c'est toi qui géreras la grande journée de soldes, lui annonce-t-il. Si tu réussis à garder ton calme, alors je saurai que tu es prête à reprendre la boutique.

– Tu peux compter sur moi ! lui promet Flam, émue.

Le lendemain, dès l'ouverture, les clients se pressent dans le magasin. Ils sont impatients de faire de bonnes affaires... si impatients qu'ils n'hésitent pas à mettre le bazar dans les rayons ! Flam doit surveiller les clients, et répondre à mille questions en même temps. Elle fait de son mieux pour garder son calme. Et quand elle sent qu'elle

est à bout, elle se précipite dans la cave. Là, elle se laisse enfin aller.

– AAAAAH !

Après avoir explosé, Flam respire profondément. Il faut qu'elle soit complètement calmée avant de retourner dans la boutique. Mais soudain, la canalisation qui se trouve face à elle se met à vibrer… puis elle éclate !

La jeune femme bondit pour éviter le jet d'eau qui sort de la canalisation. Il faut qu'elle fasse quelque chose : l'eau est en train d'inonder la cave ! Vite, Flam s'empare du couvercle d'une poubelle et d'un tisonnier. Elle saute sur des débris qui flottent dans la cave pour rejoindre la canalisation. Puis elle plaque le couvercle sur la brèche et fait fondre le tisonnier, qu'elle utilise ensuite pour souder les bords du couvercle. Elle retire prudemment sa main. Ça fonctionne : la canalisation ne fuit plus !

Flam regarde alors autour d'elle et soupire.

Tout ça, c'est à cause d'elle et de son fichu caractère…

Mais soudain, elle remarque quelque chose. Deux mains émergent de l'eau, en tenant une photo de la famille Lumen. Un élément liquide, le jeune Flack, se tient à présent face à elle, et il pleure toutes les larmes de son corps !

– Qu'est-ce que…, bredouille Flam, stupéfaite.

– Quelle belle famille ! sanglote-t-il en regardant la photo.

– Qui es-tu ? Et qu'est-ce que tu fais ici ? l'interroge Flam.

– Je cherchais une fuite de l'autre côté du fleuve, et j'ai été aspiré, explique Flack.

Il regarde autour de lui et sort un carnet et un stylo.

– Je suis désolé, reprend-il, mais je vais devoir te mettre une contravention. Je suis inspecteur municipal et cette canalisation n'est pas aux normes…

– Mon père a tout construit de ses mains, proteste Flam. C'est du solide !

L'élément liquide se remet à pleurer à chaudes larmes.

– Sans permis ? gémit-il. Je vais être obligé de faire un rapport. Cet endroit pourrait fermer !

– Fermer ? répète la jeune femme. Impossible !

Elle se précipite vers Flack pour lui prendre son carnet des mains, mais l'élément liquide est insaisissable. Il se coule par le soupirail de la cave.

– Désolé ! crie-t-il à Flam depuis l'extérieur. Je dois rapporter tout ça à la mairie avant la fin de mon service.

Sans hésiter, Flam s'élance à ses trousses.

Chapitre 3
Dans la ville

Flack se dirige vers le Wetro aérien. Cette fois, Flam n'a pas le choix : si elle veut l'empêcher de rendre son rapport à la mairie, elle doit quitter son quartier. Elle monte donc dans le wagon.

Elle aperçoit Flack à l'autre bout, mais il y a trop de monde, impossible de l'atteindre ! Sauf si...

Flam se glisse par la fenêtre du wagon : elle peut passer par l'extérieur. Mais alors qu'elle progresse sur le toit du wagon, elle aperçoit soudain de l'eau qui tombe d'un aqueduc un peu plus loin. Elle risque d'être arrosée ! Sans attendre, elle se faufile de nouveau à l'intérieur par la fenêtre suivante. Juste à temps !

Enfin, la voilà juste derrière Flack. Il tient à la main les contraventions qui pourraient faire fermer la boutique. Il faut juste qu'elle les récupère… Mais le Wetro vient d'arriver à la station Mairie ! Flack sort et se coule entre les passants. Flam peine à le suivre.

Sur le trottoir, elle se retrouve coincée derrière toute une classe

de petits éléments terriens. Vite, elle ouvre son parapluie et attise ses flammes. La chaleur fait s'élever le parapluie dans les airs, comme une montgolfière, ce qui permet à Flam de voler. Malheureusement, les baleines du parapluie finissent par fondre, et elle atterrit dans des poubelles.

Elle aperçoit alors Flack qui se faufile entre deux immeubles un peu plus loin, et elle s'élance derrière lui. Le bâtiment de la mairie est tout proche, à présent. La jeune femme accélère, dépasse Flack et crée un mur de feu pour lui barrer le passage. Mais le jeune homme se laisse couler dans une grille du trottoir et ressort tranquillement devant les portes de la mairie.

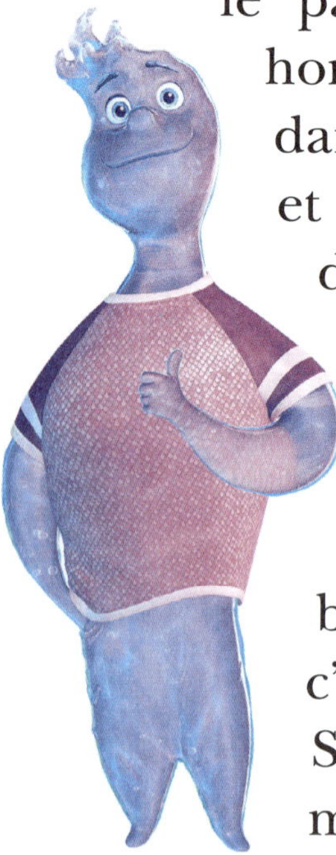

– Non ! crie Flam, désespérée, alors qu'il pénètre dans le bâtiment. La boutique, c'est le rêve de mon père. Si elle ferme à cause de moi, ça le tuera. Il ne me fera jamais assez confiance pour que je prenne sa suite…

Flack a tout entendu. En ressortant de la mairie, il demande :

– Pourquoi tu ne m'as pas dit ça plus tôt ? J'aurais déchiré les contraventions ! Mais je viens juste de les envoyer au service de traitement…

Devant le visage frustré et déçu de Flam, il propose :

– Je peux t'emmener là-bas pour que tu plaides ta cause !

Le bureau dans lequel Flack conduit la jeune fille est une véritable jungle. Tout au fond se trouve Ivan Dubois, un grand élément terrien qui n'a pas l'air commode. Et il est justement en train de placer les contraventions dans une boîte en métal.

– Attends ! l'arrête Flack. Avant que tu les envoies, Flam aimerait te dire un mot. Parle-lui de ton père, souffle-t-il à la jeune femme.

– Non ! C'est personnel ! proteste Flam.

Mais Flack ne l'entend pas de cette oreille. Si elle ne veut pas se confier, il va le faire à sa place !

– Son père sera très déçu…, commence-t-il, tandis que Flam fait tout ce qu'elle peut pour le faire taire.

Flam ne supporte pas d'entendre sa plus grande peur exprimée à voix haute. Elle sent la colère monter en elle. Mais Flack ne s'en rend pas compte. Il continue :

– Peut-être même qu'il aurait… honte d'elle. Et le pire, c'est qu'il ne pourrait pas prendre sa retraite, et que ce serait à cause d'…

– TAIS-TOI ! l'interrompt Flam.

Ça y est, elle a explosé. La boule de feu a brûlé tout le bureau, y compris les

cheveux et la moustache d'Ivan. Seules les contraventions sont intactes, dans leur boîte en métal. Sans rien ajouter, l'élément terrien place la boîte dans le tube de transmission.

– Non ! gémit Flam.

Mais c'est trop tard, elles sont parties.

– Le magasin fermera dans la semaine, déclare Ivan. Bonne journée.

Dévastée, Flam rentre chez elle. Mais une autre mauvaise surprise l'attend : des tuyaux fuient toujours un peu partout dans la cave ! Ses parents ont dû fermer la boutique pour tout nettoyer.

– On a de la chance que personne n'ait été blessé, déclare Bernie. Mais la journée de soldes est gâchée... C'est ce type liquide que je t'ai vue poursuivre dans la rue qui a fait ça ? demande-t-il.

– Oh… euh… oui, ment Flam. Il a percé la canalisation, je ne sais pas pourquoi… Mais je n'ai pas réussi à le rattraper.

– Pff… c'est toujours pareil avec l'eau ! grommelle Bernie. Je ne comprends pas, ajoute-t-il, la ville a coupé l'alimentation en eau dans notre quartier depuis des années…

Il est pris d'une quinte de toux si violente qu'il manque de tomber.

Sandra le rassure.

– On s'en sortira, lui promet-elle. Comme on l'a toujours fait.

Pour la première fois, Bernie et Sandra racontent à leur fille pourquoi ils ont quitté le pays du Feu. Comment une tempête a détruit leur restaurant, tout ce qu'ils possédaient. Et pourquoi ils ont décidé d'émigrer, de tout recommencer, ailleurs.

Très émue par leur récit, Flam souffle :

– Cette fois, je suis là, papa. Je protégerai la boutique et la flamme bleue, je te le promets.

Chapitre 4
Une seconde chance !

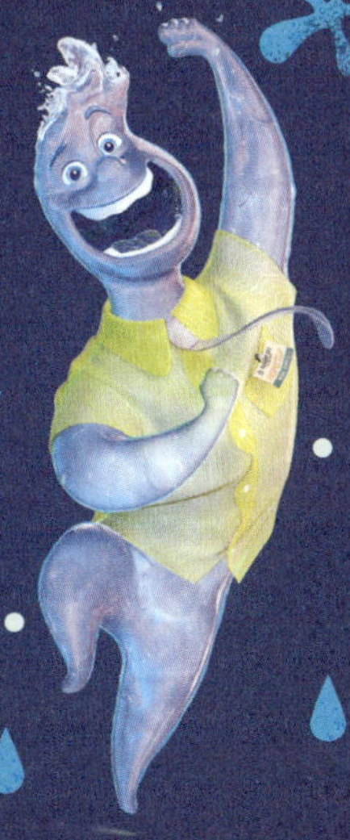

Le lendemain, Flam retourne donc à la mairie pour retrouver Flack.

– Il faut que je parle à ton chef, lui annonce-t-elle.

– Alizée n'est pas là aujourd'hui, répond le jeune homme. C'est une grande fan d'airball et son équipe préférée est en finale aujourd'hui. Elle est au stade. D'ailleurs, je suis juste venu récupérer mes billets, que j'ai oubliés ici hier soir, ajoute Flack.

– *Tes* billets ? répète Flam.

Tout n'est pas perdu, finalement…

Un peu plus tard, Flack et Flam arrivent au Cyclone Stadium, où se joue la finale. Ils rejoignent Alizée, un élément aérien, dans les tribunes. Malheureusement, elle est de très mauvaise humeur, car son équipe est menée au score…

Un joueur est hué par la foule.

– C'est Lutz, explique Flack. Il n'est pas au top depuis que sa mère est malade… Mais il fait de son mieux ! On t'aime, Lutz ! hurle-t-il.

Il se tourne pour encourager ses voisins à l'imiter et, peu à peu, les supporters sont de plus en plus nombreux à soutenir le joueur. Résultat : Lutz marque un but ! Même Flam pousse un cri de joie, alors qu'elle n'y connaît rien en air-ball. Elle regarde Flack avec une admiration nouvelle. À lui seul, il a

réussi à entraîner la foule et à changer le cours du match.

Une fois la finale terminée, Alizée accepte d'écouter Flam. Et quand elle apprend qu'il y a de l'eau dans son quartier, elle est stupéfaite.

– On a coupé l'eau il y a des années, déclare-t-elle. Oublie les contraventions, il va falloir démolir le bâtiment pour comprendre d'où vient le problème. Je parie que c'est lié à cette histoire de fuite, marmonne-t-elle.

– Elle parle de la fuite que je cherchais la dernière fois, explique Flack. Hé, mais attendez ! s'écrie-t-il soudain. Je sais où je me trouvais avant d'être aspiré dans la boutique de Flam ! On pourrait remonter la piste pour découvrir la fuite !

Alizée réfléchit quelques instants, attendrie par les visages pleins d'espoir de Flack et de Flam.

– Bon, c'est bien parce que vous formez un beau couple, tous les deux, déclare-t-elle.

– On n'est pas..., commence Flam.

– Vous avez jusqu'à vendredi pour trouver la fuite et faire les réparations nécessaires, la coupe Alizée. Si vous dépassez ce délai, je ferai fermer le magasin.

Le soir même, Flam et Flack se rejoignent à côté de la boutique, dans un coin discret où le jeune élément liquide ne risque pas d'être vu par Bernie. Entre-temps, la situation a encore empiré dans le bâtiment : l'eau remonte maintenant dans toutes les canalisations et il y a des fuites un peu partout…

– Il faut qu'on trouve la source, souffle Flam.

Tous les deux examinent la canalisation qui entre dans la cave du bâtiment. Elle conduit à un énorme tuyau de béton, qui lui-même se poursuit jusqu'au canal situé non loin de la boutique.

Flam soupire. Comment trouver l'emplacement d'une fuite dans une ville remplie de canaux ? Soudain, elle a une idée. Et s'ils prenaient un peu de hauteur ?

Flam emmène Flack sur le toit du bâtiment. Là, elle utilise le chapeau de la cheminée et une vieille bâche pour fabriquer une sorte de montgolfière. Flack n'en croit pas ses yeux : quel talent !

Tous les deux survolent le quartier et, soudain, le jeune homme reconnaît l'endroit où il a été aspiré. Flam manœuvre dans cette direction. Alors que leur ballon improvisé progresse, la jeune femme repère un bâtiment au loin.

– Quand j'étais petite, il y avait un grand jardin botanique à cet endroit, explique-t-elle. Mon père avait voulu m'y emmener, parce qu'ils avaient des arbres à vivisteria. J'avais toujours rêvé de voir cette fleur, la seule qui peut s'épanouir dans n'importe quel environnement. Même le feu. Mais un gardien nous a arrêtés. Il nous a dit que nous ne pouvions pas entrer, parce que notre feu était trop dangereux. Quelques années plus tard, le jardin a été inondé, poursuit-elle. Il est sous l'eau, maintenant. J'ai raté ma seule chance de voir une vivisteria…

Quand elle relève la tête, Flack a les larmes aux yeux. Si seulement elle savait se connecter aux autres aussi bien que lui !

CHAPITRE 5

LA FUITE

Soudain, Flack pointe quelque chose du doigt.

– C'est là ! s'écrie-t-il.

Flam fait atterrir leur ballon de fortune et tous les deux se dirigent vers un énorme tuyau en béton, fermé par deux gigantesques portes en bois. Elles sont légèrement de travers, et Flack comprend le problème.

– Les portes sont censées retenir l'eau qui se retrouve dans ce tuyau après avoir débordé du canal, explique-t-il. Mais comme les portes sont cassées, elles la laissent passer. Voilà comment de l'eau s'est répandue dans les canalisations de ton quartier !

Comme pour démontrer ce qu'il vient de dire, un énorme paquebot avance sur le canal, faisant déborder de l'eau de tous les côtés. Une vague s'engouffre dans le tuyau de béton et fonce droit vers eux.

– Cours ! hurle Flack.

Juste à temps, ils parviennent à sortir du tuyau de béton. Mais ils doivent réussir à bloquer l'eau à l'intérieur, sinon le quartier va être inondé !

Flam aperçoit un tas de sacs de sable un peu plus loin. Elle se précipite pour en soulever un et le lancer à Flack. Il lutte contre l'eau qui fait pression sur les portes, mais finit par réussir à caler le sac.

– Envoie-moi d'autres sacs ! crie-t-il à Flam.

Ensemble, ils construisent une digue de sacs, qui parvient enfin à stopper l'eau.

– Tu penses que ça va tenir ? le questionne Flam.

– Au moins jusqu'à ce que l'équipe de réparation vienne, assure Flack. Et je vais m'assurer qu'ils s'en occupent avant vendredi.

– D'accord, répond la jeune femme, en tournant les talons.

– Attends ! appelle Flack. Tu… serais libre demain ? On pourrait se retrouver en ville…

– Sortir avec un élément liquide ? réplique Flam. Impossible, mon père te tuerait !

– Pas besoin de lui dire ! rétorque le jeune homme en souriant. Je t'attendrai devant le cinéma Alkali à 15 heures !

Flam s'éloigne sans répondre. Mais elle aussi a le sourire…

Le lendemain, un peu avant l'heure du rendez-vous, Flam quitte la boutique en prétextant qu'elle va s'occuper de livraisons. Mais sa mère n'est pas dupe : elle a senti l'odeur de l'amour !

Flam et Flack commencent par aller voir un film, puis ils décident d'aller se promener. Ils s'amusent à se prendre en photo dans un photomaton, avant de prendre un ascenseur qui les emmène en haut

d'un gratte-ciel, où ils admirent la vue splendide sur la ville. Flack ne le dit pas, mais il préfère regarder Flam…

Quand la jeune femme revient à la boutique, sa mère l'observe avec attention. C'est évident : elle est amoureuse. Mais de qui ? Sandra est décidée à le découvrir !

Flam, elle, ne se doute de rien. Quelques jours plus tard, elle rejoint Flack à la terrasse d'un café. Soudain, tout le monde se met à danser autour d'eux. C'est une *flash mob* ! Enthousiaste, Flack tend la main à Flam.

La jeune femme se fige. Elle voudrait la prendre, mais elle ne peut pas. Ses flammes risquent de faire bouillir Flack. L'eau et le feu sont dangereux l'un pour l'autre… Par chance, un couple bouscule le garçon, qui tombe dans une fontaine, et Flam n'a pas à s'expliquer.

La fois suivante, ils se retrouvent pour aller se promener autour du lac Minéral. Plus ils passent de temps ensemble, plus Flam apprécie Flack. Mais quel avenir peuvent bien avoir un élément liquide et un élément flamboyant ensemble ?

Flam est perdue. Et pendant qu'elle s'interroge, plus loin dans la ville, de l'eau s'insinue entre les sacs de sable…

CHAPITRE 6

MAUVAISE SURPRISE

Le lendemain, Flam est en train de servir un client quand un bout de mur se détache et qu'un jet d'eau s'échappe d'un tuyau situé juste au-dessus de la flamme bleue ! Bernie et Flam se précipitent tous les deux. Pendant que son père écarte la flamme, Flam ressoude le tuyau. Mais au moment où elle termine, un livreur arrive avec plusieurs vases remplis de fleurs.

– J’ai une livraison pour Flam Lumen, annonce-t-il.

Aussitôt, Sandra s’approche, intéressée.

Flam la devance pour récupérer les vases. Elle vient de voir deux yeux dans l’eau de l’un d’eux !

– Elles sont magnifiques ! s’exclame-t-elle. Je vais les ranger.

La jeune femme emporte les vases à la cave.

– Qu’est-ce que tu fais ici ? souffle-t-elle.

Flack surgit d’un des vases et annonce :

– J’ai de mauvaises nouvelles. Les sacs de sable n’ont pas tenu. Et l'équipe de réparation refuse de m'aider. À cause d'un incident qui s'est produit à l'époque où je travaillais avec eux, ajoute-t-il, avec une grimace.

– Mais demain, on sera vendredi ! s'écrie Flam. Si on ne fait rien, Alizée va faire détruire la boutique !

Avant que Flack puisse répondre, Bernie débarque dans la cave. Il vient voir si sa fille a pu réparer la fuite. Quand il aperçoit Flack, il pousse un cri furieux.

– C'est toi ! accuse-t-il. Celui qui a causé tout ça !

Il attrape un tisonnier et se précipite vers Flack, qui hurle de peur.

– Non, papa ! l'arrête Flam. Ce n'est pas la même personne. Tous les éléments liquides ne se ressemblent pas, tu sais !

Bernie aperçoit le badge de Flack et demande :

– Tu es un inspecteur municipal ?

– Euh… un inspecteur sanitaire ! improvise le jeune homme. Je viens contrôler la nourriture !

Bernie n'a pas l'air de le croire, mais il lui fait quand même signe de le suivre.

– La nourriture est en haut, déclare-t-il.

Une fois dans la boutique, Bernie pose un bol de boisettes fumantes devant Flack. Les éléments flamboyants adorent ces

petits morceaux de bois grillés, en particulier quand ils sont bien brûlants…

– Si tu es un inspecteur, alors inspecte donc ça, grogne-t-il.

Flack se penche et renifle prudemment. La chaleur dégagée par le bol est telle que ses narines se mettent à bouillir. Mais le père de Flam est intraitable : Flack doit les goûter. Inquiet, le jeune homme s'exécute. Il ne peut retenir un cri quand les boisettes lui brûlent la gorge. Une grosse bulle se forme dans son corps, avant de sortir par sa tête. Elle explose dans les airs, libérant de la vapeur brûlante.

– C'est très bon, une fois la chaleur passée, déclare Flack.

Il verse un peu de son eau sur les boisettes restantes, sans remarquer que Flam lui fait signe d'arrêter. Le jeune homme reprend une bouchée et s'écrie :

– Mais oui, ça a très bon goût si on les arrose un peu !

– Ah, tu veux nous arroser ?! explose Bernie. On ne se laissera pas faire, tu entends !

Il attrape un Polaroïd et prend une photo de

Flack. Flam se précipite vers Flack pour le faire sortir du magasin.

– On se retrouve à la plage pour remplir d'autres sacs de sable, lui chuchote-t-elle à l'extérieur. Et il faut qu'on trouve un moyen de réparer ces portes…

Flack acquiesce et s'en va.

Quand Flam rentre dans la boutique, son père a accroché la photo de Flack sur un panneau.

– Il n'a plus le droit de remettre les pieds ici, annonce-t-il, hors de lui.

Ce soir-là, Flam et Flack se retrouvent sur la plage pour remplir des sacs de sable. Pendant qu'ils travaillent, le jeune homme tente de convaincre Flam de parler à son père.

– Peut-être qu'il comprendrait ? souffle-t-il.

– Comprendre quoi ? réplique la jeune femme. Qu'à cause de moi, la boutique va fermer ? Que j'ai détruit son rêve ? Je suis une mauvaise fille, gémit-elle en se laissant tomber sur le sable.

Elle attise ses flammes, pour masquer ses émotions.

– Tu fais de ton mieux, tente de la rassurer Flack.

Soudain, il remarque quelque chose. Il désigne l'endroit où est assise Flam.

– Waouh ! Regarde ce que tes flammes ont fait ! Le sable s'est transformé en verre !

La jeune femme sourit et ramasse un morceau de verre. Elle le fait fondre dans ses mains pour le sculpter. En quelques instants, elle crée une magnifique sculpture de verre, une fleur délicate contenue dans une sphère.

– Une fleur de vivisteria, murmure Flack, admiratif.

Brusquement, Flam a une idée.

– Je sais comment réparer les portes ! s'écrie-t-elle en bondissant sur ses pieds. Viens !

Chapitre 7

Un autre rêve ?

Une fois arrivée face à l'énorme tuyau de béton, Flam se met au travail. Elle se concentre, place ses mains sur les sacs de sable… et explose. Mais cette fois, c'est une explosion contrôlée. Elle vient de créer un solide mur de verre pour fermer le tuyau.

– Je demanderai à Alizée de venir après le travail, demain, annonce

Flack. Je te tiens au courant dès que je sais si elle trouve ta réparation suffisante.

Le lendemain soir, Flam attend chez elle, anxieuse. Quand elle entend son père tousser, elle le rejoint au rez-de-chaussée.

– Je vais m'occuper des réparations, lui dit-elle. Il faut que tu te reposes.

Bernie lui sourit.

– Je vois que tu as changé, Flam, déclare-t-il. Tu es plus heureuse, plus calme. Tu m'as prouvé que je pouvais te faire confiance. J'ai beaucoup de chance de t'avoir.

Alors que son père monte se coucher, le regard de Flam s'arrête sur la photo de Flack. A-t-il eu des nouvelles d'Alizée ? Elle ne peut plus attendre, il faut qu'elle aille le voir pour le lui demander.

Elle quitte la boutique et saute sur son scooter. Elle ne le sait pas, mais Sandra la suit. Elle a senti quelque chose...

Bientôt, Flam arrive dans le quartier de Flack. Son ami vient l'accueillir en bas du luxueux immeuble dans lequel se trouve l'appartement de sa mère, chez qui il vit.

– Je n'ai pas encore eu de nouvelles d'Alizée, lui apprend le jeune homme. Mais elle a promis d'appeler ce soir. Tu veux monter et attendre avec moi ?

Après un instant d'hésitation, Flam accepte.

Sa mère la voit entrer et tente de la suivre, mais le gardien l'en empêche. Elle va devoir attendre encore un peu pour savoir qui est le mystérieux amoureux de sa fille…

Plus haut, Flam salue Aquanetta, la mère de Flack, qui l'accueille chaleureusement et l'invite à venir rencontrer le reste de la famille. Mais comme l'appartement est une gigantesque piscine, Flam doit s'installer sur un fauteuil gonflable pour pouvoir la suivre. Bien que les lieux ne soient vraiment pas adaptés à un élément flamboyant, Flack fait de son mieux pour que la jeune femme se sente à l'aise. Elle fait la connaissance des membres de la grande famille de Flack, qui semblent tous aussi émotifs que le jeune homme.

La rencontre se passe bien, tout le monde rit beaucoup. À tel point qu'Alan, le frère de Flack, en laisse tomber une carafe, qui se brise en morceaux.

Aussitôt, Flam récupère le verre pour le faire fondre et souffler une nouvelle carafe.

– C'était incroyable, la félicite Harold, le frère d'Aquanetta.

– Oh, ce n'est rien, réplique Flam, embarrassée.

– Au contraire, renchérit Aquanetta. Tu dois faire quelque chose de tout ce talent !

Flack propose ensuite de jouer au Jeu des Larmes. Stupéfaite, Flam découvre les règles : chacun tente d'émouvoir les autres au point de les faire pleurer. Tous les éléments liquides perdent rapidement, mais faire pleurer Flam est plus compliqué... Flack choisit la sincérité et déclare :

– À l'époque où je t'ai rencontrée, j'avais l'impression de me noyer. Mais ta lumière m'a ramené à la vie. Et tout ce que je veux à présent, c'est être près de toi.

Très émue, la jeune femme laisse couler une larme de lave. Mais soudain, le téléphone sonne. C'est Alizée ! Et elle a une bonne nouvelle : la réparation lui convient. Comme promis, elle annule toutes les contraventions ! Flam est aux anges. Et elle n'est pas au bout de ses surprises... Car au moment de repartir, Aquanetta lui apprend qu'un de ses amis, qui dirige une des plus grandes entreprises de fabrication de verre, recherche un stagiaire !

Le seul problème, c'est que les locaux sont très loin d'Element City. Flam a la gorge serrée. Elle ne peut pas abandonner son père et la boutique !

Flack monte derrière elle sur son scooter et elle prend la direction de son quartier. Mais plus elle roule, plus elle sent la colère l'envahir. Elle est furieuse, à tel point qu'elle se dispute avec Flack. Ce n'est qu'une fois arrivée devant la boutique qu'elle comprend ce qui se passe.

– Je crois que je n'ai pas vraiment envie de reprendre le magasin, avoue-t-elle au jeune homme. Je me sens… prise au piège. Personne ne m'a jamais demandé ce que moi, je voulais faire.

CHAPITRE 8

L'EAU ET LE FEU

Avant que Flack puisse répondre, Sandra surgit derrière eux. Elle a vu sa fille repartir de l'immeuble avec le jeune élément liquide. Et elle a tout compris.

– Je sens l'amour sur toi ! déclare-t-elle à sa fille. Mais enfin, l'eau et le feu ne peuvent pas aller ensemble ! Je vais te le prouver. Suivez-moi, tous les deux !

Dans son bureau, elle leur tend deux bâtons, comme elle le fait lors de toutes ses séances.

– Allumez-les ! ordonne-t-elle.

Si cela ne présente aucune difficulté pour Flam, pour Flack, c'est une autre histoire. Mais le garçon ne se laisse pas décourager. Il utilise son corps transparent comme une loupe, avec laquelle il canalise la lumière de Flam. Et son bâton s'enflamme !

Malheureusement, Sandra n'a pas le temps d'étudier les fumées : Bernie s'est réveillé et appelle depuis l'étage. Il ne faut surtout pas qu'il trouve Flack ici. Vite, Flam et Sandra le mettent dehors ! Quelques secondes plus tard, le père de Flam apparaît.

– Ah, tu es là ! lance-t-il à sa fille. Puisque tu es réveillée, autant t'en parler maintenant. J'ai décidé que, dans deux jours, je prendrai ma retraite !

Sandra est aux anges, et Bernie très enthousiaste : il a même prévu une grande fête. Flam, en revanche, parvient tout juste à sourire. « Pourquoi maintenant ? songe-t-elle alors que ses parents montent se coucher. Juste au moment où j'ai enfin compris que ce n'était pas ce que je voulais ! » Restée seule, la jeune femme se met à pleurer en silence. Elle ne pourra jamais refuser.

Le lendemain, sa décision est prise. Elle se rend chez Flack et lui tend la fleur de vivisteria qu'elle a sculptée dans le verre. En voyant son regard triste, le jeune homme comprend. C'est un cadeau d'adieu.

– Attends, lui dit-il. Moi aussi, j'ai un cadeau pour toi. Suis-moi.

Sans hésiter, il entraîne Flam jusqu'à l'ancien jardin botanique, aujourd'hui sous les eaux. Alizée les y attend. Elle souffle dans l'eau pour créer une énorme bulle d'air, dans laquelle Flam peut ensuite grimper.

– Tu as une réserve d'air suffisante pour au moins vingt minutes de visite, précise l'élément aérien, avant de tourner les talons.

Flack se charge de diriger la bulle dans l'eau pour amener la jeune femme jusqu'à l'endroit qui l'intéresse : l'arbre à vivisteria. Quand Flam s'en approche, sa lumière illumine l'arbre, qui se met aussitôt à fleurir. Sous ses yeux émerveillés, des dizaines de fleurs éclosent. Le moment est magique.

Malheureusement, il se termine vite. Flam manque d'air, et Flack doit vitc la ramener à l'air libre.

– Merci ! C'était un cadeau merveilleux ! remercie la jeune femme, enchantée.

Tous les deux se sourient. Et pour la première fois, ils osent se toucher la main. Contrairement à ce qu'ils craignaient, ni l'un ni l'autre n'est blessé par ce contact. C'est comme s'ils avaient modifié la composition chimique de leurs corps, comme s'ils avaient trouvé un équilibre inconnu entre l'eau et le feu !

Mais là encore, la magie ne dure pas. Flam pense à son père, à la boutique. Elle doit y retourner. Flack a beau l'encourager à parler à son père, à ne pas passer à côté de ses rêves à elle, Flam ne l'écoute plus. Elle rentre chez elle.

Bernie a organisé un grand événement pour son départ à la retraite. Il a tout préparé, décoré, invité les clients les plus fidèles… Et il a bien sûr prévu une cérémonie particulièrement importante pour lui : la transmission de la flamme bleue à sa fille.

Mais au moment où il lui tend la lanterne, Flack surgit dans le magasin. Tous les éléments flamboyants le dévisagent, mais il ne se laisse pas impressionner. Il est là pour convaincre Flam que ce qu'ils vivent tous les deux est magique, et qu'elle ne peut pas passer à côté.

– Prends le risque, lui dit-il devant tout le monde. Dis à ton père qui tu es vraiment. Je t'aime, Flam Lumen. Et je suis sûr que toi aussi, ajoute-t-il doucement.

– Non, répond la jeune femme. Je ne t'aime pas.

C'en est trop pour Sandra, qui ne peut se retenir de crier :

– C'est faux ! C'est de l'amour, je le sens !

Pourtant, Flam n'en démord pas. Elle demande même à Flack de partir. Le cœur brisé, le garçon tourne les talons.

Bernie, lui, est furieux d'apprendre que sa fille a fréquenté un élément liquide, et pire encore, qu'elle lui a menti.

– J'ai changé d'avis, décrète-t-il. Je ne prends plus ma retraite.

La tristesse envahit Flam. Elle a tout perdu, elle a déçu tout le monde. Elle saute sur son scooter. Elle veut être seule.

CHAPITRE 9

UNE FONTAINE DE LARMES

Alors que Flam est perdue dans ses pensées, elle aperçoit soudain quelque chose. Ça vient du tuyau de béton, celui dont elle a remplacé les portes. On dirait que le verre a cédé !

Elle plisse les yeux : mais oui ! L'eau fonce droit sur son quartier ! Il va être inondé !

Flam fait demi-tour sur son scooter. Elle doit avertir tout le monde avant qu'il ne soit trop tard.

– L'eau ! L'eau arrive ! hurle-t-elle dans les rues du quartier. Réfugiez-vous en hauteur, vite !

Le niveau de l'eau monte dangereusement. Il est maintenant trop haut pour que Flam puisse rester sur son scooter. Elle jette un œil à ses parents : ils sont en sécurité sur la scène en bois que son père avait construite pour la fête. Pourtant, Sandra doit retenir son mari, qui voudrait retourner à la boutique malgré le danger.

– La flamme ! crie-t-il.

Flam bondit sur un camion, puis entre dans la boutique par une fenêtre. Elle doit sauver la flamme bleue ! C'est tout ce qui reste à ses parents du pays du Feu.

Mais l'eau continue à monter, menaçant d'envahir la boutique… Alors que Flam s'appuie contre la porte pour la maintenir fermée, Flack fait son apparition de l'autre côté. Il est venu l'aider !

Il se faufile à l'intérieur de la boutique par le trou de la serrure. Mais ils ont beau joindre leurs forces, ça ne sert à rien. L'eau rentre par les fenêtres, par les tuyaux dans les murs. Ils ne peuvent pas l'arrêter.

Flam s'est réfugiée sur des débris flottants, puis dans le foyer de la vieille cheminée. Elle crie à Flack :

– Il faut sauver la flamme !

Le jeune homme se précipite et parvient à la récupérer alors qu'elle est près de s'éteindre. Il rejoint Flam avec le précieux trésor.

– Merci, merci ! souffle-t-elle, soulagée et reconnaissante.

Pourtant, elle n'est pas encore tirée d'affaire. L'eau vient lui lécher les pieds, lui arrachant un cri de douleur. Flam improvise : elle utilise ses flammes pour faire fondre les débris et sceller le bas de la cheminée. Et quelques instants plus tard, la boutique se met à trembler sous la violence des flots. Les pierres du haut de la cheminée tombent, emprisonnant Flam et Flack dans le conduit !

L'espace est très étroit et la présence de Flam le rend extrêmement chaud. Le pauvre Flack s'évapore peu à peu, sous le regard impuissant de Flam !

– Il faut que je fasse une ouverture ! crie-t-elle.

– Non, sinon l'eau va rentrer et t'éteindre ! proteste Flack.

– Mais tu es en train de t'évaporer ! gémit Flam.

– Je ne regrette rien, répond calmement le jeune homme. Tu m'as permis de vivre quelque chose que certaines personnes passent leur vie à chercher.

– Mais je ne peux pas vivre sans toi ! avoue enfin Flam. Je t'aime !

Flack sourit, heureux et apaisé. Puis il disparaît dans un nuage de vapeur.

Quelques heures plus tard, quand Bernie, Sandra et leurs amis retrouvent enfin Flam et qu'ils dégagent le foyer de la cheminée, la jeune femme est inconsolable.

– Tout est ma faute, papa, souffle-t-elle. La boutique, Flack... Je dois te dire la vérité. Je ne veux pas reprendre le magasin. C'est ton rêve, pas le mien.

Elle baisse la tête.

– Je suis une mauvaise fille.

Bernie se penche vers elle.

– Mon rêve, ce n'était pas le magasin, avoue-t-il. C'était toi. Ça a toujours été toi.

Sa fille le serre dans ses bras en sanglotant :

– Je t'aime, papa.

Soudain, elle entend un bruit qu'elle connaît bien. Celui que fait Flack quand il pleure ! Et s'il était encore là, dans la cheminée ? Flam a une idée. Elle va jouer au Jeu des Larmes.

Un à un, elle reprend tous les récits qui ont fait pleurer Flack. Et ça fonctionne. Elle entend le garçon pleurer de plus en plus clairement. Des gouttes tombent dans un seau à

côté d'elle, de plus en plus rapidement, de plus en plus nombreuses !

– Je veux explorer le monde avec toi, Flack ! s'écrie Flam. Je veux t'avoir dans ma vie, pour toujours !

Le seau est assez rempli à présent pour que deux yeux apparaissent. Et bientôt, c'est Flack tout entier

qui en surgit ! Flam se jette dans ses bras et, pour la première fois, ils s'embrassent.

– Je le savais, souffle Sandra, attendrie.

Quelques mois plus tard…

Les dégâts causés par l'inondation ont été réparés, le magasin rénové. De nombreux clients se pressent dans la boutique, qui a maintenant de nouveaux gérants. Bernie a enfin pris sa retraite et il compte bien en profiter aux côtés de Sandra. Quant à Flam, elle s'apprête à quitter son quartier. Elle a pris sa décision : elle va effectuer le stage dans l'entreprise spécialisée dans les créations en verre. Et Flack vient avec elle !

Tous les deux ignorent ce que l'avenir leur réserve, mais ils sont prêts pour l'aventure. Ensemble.

Fin

TABLE

1. Bienvenue à Element City ! 9
2. Une rencontre explosive 19
3. Dans la ville 29
4. Une seconde chance ! 41
5. La fuite 49
6. Mauvaise surprise 57
7. Un autre rêve ? 67
8. L'eau et le feu 75
9. Une fontaine de larmes 85

Photogravure Nord Compo - Villeneuve-d'Ascq
Imprimé en Roumanie par Rotolito Romania
Dépôt légal : juin 2023
Achevé d'imprimer : mai 2023
33.5901.3/01 – ISBN 978-2-01-720432-9
Loi n° 49956 du 16 juillet 1949
sur les publications destinées à la jeunesse